Santillana

El niño que pagaba el pato
Sid Fleischman

Traducción de Javier Lacruz

Ilustraciones de Peter Sis

Una editorial del grupo
Santillana que edita en:

ESPAÑA	MÉXICO
ARGENTINA	PERÚ
COLOMBIA	PORTUGAL
CHILE	PUERTO RICO
EE. UU.	VENEZUELA

Original Title: Whipping Boy

Text © 1986 by Sid Fleischman
Illustrations © 1986 by Peter Sis

First printed in Spanish in 1989 by Alfaguara.

© 1996 by Santillana Publishing Co., Inc.
2043 N.W. 87th Avenue, Miami, FL 33172

Printed in the United States.

ISBN: 84-204-4641-6

CHILDREN'S ROOM

ÍNDICE

Para
David Avadon

El niño que pagaba
el pato

CAPÍTULO 1

En el que somos testigos de un acontecimiento que pone los pelos de punta

A aquel príncipe tan joven se le conocía aquí y allá (y en casi todas las demás partes) como el príncipe Malandrín. Ni siquiera los gatos negros se cruzaban en su camino.

Una noche el rey daba una gran fiesta. Mientras se movía a hurtadillas tras damas y señores, el príncipe Malandrín ató sus pelucas empolvadas a las sillas de roble.

Luego se escondió detrás de un lacayo y se quedó esperando.

Cuando los invitados se levantaron para brindar por el rey, sus pelucas salieron disparadas.

Los señores se echaron las manos a la cabeza como si les hubieran arrancado el cuero cabelludo. Las damas chillaron.

El príncipe Malandrín (nunca se lo habían llamado a la cara, claro) trató de contener la risa. Se tapó la boca con las dos manos. Pero la soltó igual: un cacareo de *ja-jás, jo-jós* y *ji-jís*.

El rey le espiaba y parecía lo suficientemente enfadado como para escupir tinta. Dio un grito furioso.

—¡Que traigan al niño de los azotes!

El príncipe Malandrín sabía que no había nada que temer. No le habían dado ni un azote en toda su vida. ¡Para algo era el príncipe! Y a un príncipe estaba prohibido pegarle en el culo, zurrarle, darle una bofetada o un cachete y, por supuesto, azotarle.

Tenían a un niño corriente en el castillo para que se le castigara en su lugar.

—¡Que traigan al niño de los azotes!

La orden del rey pasó como un eco de guardia en guardia por la escalinata de piedra hasta una pequeña estancia en la ventilada torre norte.

Un niño huérfano llamado Jemmy, el hijo de un cazador de ratas, se despertó de su sueño. Se lo había pasado muy bien soñando con su harapienta pero despreocupada vida, antes de que lo recogieran de las calles y las alcantarillas de la ciudad para servir de niño de los azotes en la corte.

Un guardia le sacudió hasta que se despertó del todo.

—De pie, muchachito.

Los ojos de Jemmy se encendieron de repente.

—Pues yo juraría que hoy ya me han azotado dos veces. ¡Jo! ¿Qué ha hecho el príncipe esta vez?

—No hagamos esperar a la gente importante, chico.

—¡Veinte azotes! —dijo el rey en el salón principal.

Mientras se tragaba cada queja y cada grito con gesto desafiante, el niño que pagaba el pato recibió los veinte azotes. Entonces el rey se volvió hacia el príncipe.

—¡Espero que te sirva de lección!

—Sí, papá.

El príncipe bajó la cabeza para parecer humillado y arrepentido. Pero, mientras, iba sintiendo una irritación creciente por el niño que pagaba el pato.

En la estancia de la torre el príncipe se quedó mirándole fijamente con el ceño fruncido.

—¡Eres el peor niño de los azotes que he tenido nunca! ¿Cómo haces para no gritar jamás?

—Ni idea —dijo Jemmy encogiéndose de hombros.

—¡Se supone que el niño de los azotes tiene que dar alaridos, como un cerdo cuando lo matan! Te vestimos lujosamente y te alimentamos como a un rey, ¿no es verdad? ¡Pues no tiene gracia si no gritas!

Jemmy volvió a encogerse de hombros. Estaba decidido a no soltar ni una sola lágrima con la que el príncipe se relamiese de gusto.

—Grita y chilla la próxima vez, ¿me oyes? O le diré a papá que te devuelva tus harapos y te eche de nuevo a la calle de una patada.

Jemmy se reanimó de golpe. «¡Muy agradecido, Su Real Horror!», pensó. «Cogeré mis harapos, y desapareceré en menos de un abrir y cerrar de ojos.»

CAPÍTULO 2

En el que el príncipe no puede escribir su nombre

Por la mañana, Jemmy podía contar con unos cuantos azotes para empezar. Eso sí que es seguro, pensó mientras tiraba de sus finos calzones de terciopelo y sus medias de seda. El príncipe no se sabría la lección, y el preceptor real era rápido como una palmeta de cazar moscas con la vara de sauce. Así que Jemmy podría volver a vestir sus harapos.

—Échame el último vistazo, padre; deja que tus huesos descansen —murmuró para sí mismo—. ¿Pensaste alguna vez que me meterían en un agujero en lo alto del castillo del mismísimo rey, todo emperifollado con unos trapos que le darían vergüenza hasta a un pavo real? Te juro que cogeré un par de hurones con los dientes bien afilados y me iré a cazar ratas, igual que tú. Igualito que tú, padre.

El preceptor, el maestro Peckwit, era un hombre de cara redonda con los carrillos gordos. Apuntó al príncipe con su vara.

—¡Tú, alumno de tres al cuarto! —bramó—. ¡Un día serás rey! ¡Y todavía no distingues el alfabeto de las huellas de los cerdos!

El príncipe chasqueó los dedos.

—Siempre puedo hacer que alguien me lo lea.

—¡Ni siquiera puedes escribir tu nombre!

—¡Qué más da! Siempre puedo hacer que alguien lo escriba por mí.

Los carrillos del preceptor, al hincharse de rabia, casi consiguieron desmontar las gafitas que llevaba a caballo de la nariz.

—¡Sería más fácil educar a un repollo cocido! ¡Prepárese para el castigo, Su Señoría!

—Diez azotes por lo menos —dijo el príncipe—. Bien dados y bien fuertes, si no le importa.

A Jemmy, que tenía obligación de estar a mano durante las lecciones diarias, le pareció que lo que él tenía ahora a mano era la libertad. El príncipe le echó una mirada de satisfacción mientras el maestro Peckwit levantaba la vara y azotaba al niño que pagaba el pato como a una alfombra.

Jemmy no se quejó. No gritó ni chilló. Diez azotes, y no se escapó ni un sonido de su boca.

—¡Maldito pillo tozudo! —estalló el príncipe—. Se te ve el plumero, Jemmy El Callejero. ¡No aúllas por puro despecho!

¿Te crees que puedes llevarme la contraria como si nada? ¡Ja! ¡De ninguna manera!

«¡Jo!», pensó Jemmy. «¡Se está echando atrás!»

—Y no trates de escapar. ¡Te seguiría la pista hasta que la lengua te colgase como una bandera roja!

Y así siguieron las cosas durante más de un año. El príncipe no aprendió nada. El niño de los azotes aprendió a leer, a escribir y a sumar.

CAPÍTULO 3
Los fugitivos

Una noche, cuando la luna miraba hacia abajo como un ojo malvado, el joven príncipe se presentó en el aposento de Jemmy.

—¡Muchacho! ¡Fuera de la cama! Necesito un criado.

Jemmy vio que el príncipe llevaba una capa negra y una cesta de mimbre del tamaño de un arca marina.

—¿Y ahora qué estás tramando? ¿Te dedicas a andar en sueños?

—Me escapo.

El niño que pagaba el pato se sentó muy derecho. Apenas pasaba un día en el que no hiciera un plan u otro para escapar, ¿pero un príncipe? ¿Qué nueva y terrible travesura era ésta?

—No puedes largarte como si fueras una persona normal. ¿Qué mosca te ha picado?

—Me aburro —dijo el príncipe.

—¿Con ranas como toros que se zambullen en el foso para que nadie pueda dormir?

—Un aburrimiento.

—¿Y no estuviste a punto de morirte de la risa cuando los caballeros resbalaron de sus monturas y cayeron al suelo haciendo tanto ruido? Tú habías untado las sillas con manteca de cerdo.

—Un aburrimiento.

—¿Y no has hecho que me azotaran hasta que me pareciera que el diablo había estado correteando con botas de clavos por este pobre pellejo mío?

—¡Vámonos!

«¿Por qué yo?», pensó Jemmy. «¿No puedes encontrar un amigo con el que escapar? No, tú no, príncipe Malandrín. Tú no tienes amigos. Por eso me has elegido a mí.»

Jemmy señaló hacia la ventana.

—Afuera es de noche —protestó.

—La mejor hora —replicó el príncipe.

—¿Pero no te da miedo la noche? ¡Lo sabe todo el mundo! Ni siquiera puedes dormir sin una vela encendida.

—¡Mentiras! De todos modos, la luna está alta, clara y brillante. Vamos.

Jemmy se quedó mirándole con un asombro espantoso.

—¡Al rey se le pondrán los ojos rojos de rabia!

—Seguramente.

—Nos perseguirá. Tú saldrás de ésta ligero como una pluma, pero yo tendré suerte si no me azotan hasta despellejarme. Aunque es más probable que me cuelguen de la horca. ¡Seguro que me retuercen el pescuezo!

—Ese es tu porvenir —dijo el príncipe con una sonrisita cortante—. Coge la cesta, Jemmy El Callejero, ¡y sígueme!

CAPÍTULO 4

*En el que aparecen
manos entre la niebla*

La luna nocturna les había iluminado el camino como un farol.

Pero, al amanecer, los dos fugitivos, montados ambos en un caballo de las cuadras del castillo, estaban perdidos sin remedio. Una niebla espesa se había ido arremolinando en torno, ellos habían extraviado el sendero y los árboles se les habían echado encima.

—Los bosques son bastante horribles —dijo Jemmy, a la vez que se agarraba a la cesta lo mejor que podía—. A mí que me den calles con adoquines.

Por poco los tira una rama baja de la silla de montar.

—Muchacho —dijo el príncipe—, bájate y guía a esta bestia estúpida.

—¿Guiarla? ¿Con esta niebla? Me harían falta dos manos y un farol para encontrar mi propia nariz.

Pero Jemmy se dejó resbalar por la silla de montar. Le venía dando vueltas a un

plan dentro de su cabeza. «Esta es tu oportunidad, Jemmy», pensó. «Lárgate con la
niebla. ¡Corre! No más azotes, sobre todo si
no pueden dar contigo. ¡Las alcantarillas,
Jemmy, ese es el sitio donde tienes que es-
conderte!»

—¿Por qué tardas tanto? —preguntó el príncipe—. Coge el ronzal.

—Estoy pensando.

Las hojas crujieron bajo los pies de Jemmy cuando empezó a retroceder. Estaba decidido. Una vez se hubiese despejado la niebla, encontraría el río. ¡Para algo le había enseñado su padre el camino entre aquel laberinto de alcantarillas de enormes ladrillos! Era allí donde había atrapado las ratas más feroces para venderlas a montones. Los reñideros de perros contra ratas pagaban sumas fantásticas por las que peleaban mejor, y eso quería decir ratas de alcantarilla. ¿A quién se le ocurriría buscar a Jemmy bajo la ciudad?

Jemmy dio otro paso hacia atrás con un crujido, y se quedó inmóvil. Un repentino resplandor amarillo flotó en la niebla. El príncipe se puso a dar gritos y chillidos.

—¿Quién anda ahí? ¡Suéltame! ¡Quítame las manos de encima, pillo insolente!

Entonces llegó hasta ellos una respuesta brutal como un estampido:

—Bueno, bueno, mira lo que tenemos aquí... —el farol resplandeciente se balanceó—. Un mocoso gritón encima de un caballo bien hermoso.

Jemmy se acercó poco a poco. «¡Un sacamantecas!», pensó.

Como una serpiente al ataque, una mano fantasmagórica salió disparada de la niebla y le agarró la mano. ¡Otro sacamantecas! Jemmy miró hacia arriba, y apenas distinguió una cara larga y huesuda con las mejillas hundidas y una nariz como un cuchillo de carnicero.

—¡Aquí hay otro, Billy! —chismorreó el segundo hombre, mientras empujaba a Jemmy hacia delante.

CAPÍTULO 5

Billy Tápate-La-Nariz y Tajamar

Billy bajó de un tirón al príncipe Malandrín de la silla de montar y lo empujó contra Jemmy.

Al levantar el farol, el hombre lo sostuvo lo bastante cerca como para que Jemmy pudiera sentir el calor de la llama. Comprobó que Billy era un hombre grandón: grande y tosco como un buey desollado. Y olía como una tonelada de ajos.

—No ha habido mucha suerte: un par de pájaros —dijo Billy—. Pero, ¿a que van elegantes con esta ropa tan fina, Tajamar?

—¡A que sí! —repitió como un eco aquel saco de huesos.

—¿Lleváis oro en los bolsillos, chavales?

—¡Eso no es asunto tuyo! —le espetó el príncipe.

—Vaya, eso me ayuda a saber que sí es asunto mío —dijo Billy con una risa de trueno—. ¿No sabes quién soy?

—Un patán y un matón —declaró el príncipe.

—¡Mucho peor! —le corrigió el hombretón—. ¿Es que nunca has oído hablar de Billy Tápate-La-Nariz?

—Pues es muy famoso —interrumpió Tajamar—. Hasta le han hecho una canción.

A Jemmy le pareció que él sí se acordaba. ¿No había oído a los vendedores de baladas lanzando ese nombre a las calles? ¿Las hazañas en verso de un tal Tápate-La-Nariz por el patio?

—¿Es usted el salteador de caminos?

—El mismo.

—¿El asesino?

—Sólo cuando estoy de servicio —dijo Billy Tápate-La-Nariz riéndose entre dientes—. Así que no os importará si nos llevamos vuestro caballo y vaciamos vuestros bolsillos.

—Ni un penique entre los dos —dijo Jemmy.

Un príncipe no llevaba dinero, porque no le hacía falta, y las cuentas de Jemmy se llevaban en los libros.

—¿Qué hay en la cesta? —preguntó inesperadamente Tajamar.

—¡Las manos fuera, bribón! —le espetó el príncipe Malandrín—. ¿No sabes quién soy?

Jemmy le dio un codazo al príncipe de repente, para que se callara. ¡Ni una palabra!

Pero el heredero del trono se estiró lo más que pudo.

—¡Inclinaos ante vuestro príncipe!

La niebla se arremolinaba en torno al farol.

—¿Que nos inclinemos ante quién? —preguntó Tajamar.

—¡Soy el príncipe Horacio!

—¡Y yo el Gran Nabo de la China! —dijo Tajamar disimulando la risa.

—¡Estúpidos ladrones! —gritó el príncipe—. Os ordeno que nos soltéis. ¡O papá os colgará a los dos de las cadenas!

«¡Cierra el pico!», pensó Jemmy. «¿No tienes ni un gramo de mollera? Un príncipe sería una buena presa para estos pillos.»

—Mi amigo está tonto —afirmó—. Su viejo no es más que un cazador de ratas. ¡Pero mirad qué aires se da a pesar de todo!

—Pues tiene un pico como para que le quepan dos dentaduras... —dijo el salteador de caminos grandón, soltando una risotada—. Coge el farol y vete a buscar el caballo, Tajamar.

—¿Qué crees que hay en la cesta, Billy?

—Tenemos todo el tiempo del mundo para averiguarlo.

El farol desapareció en el aire. El maloliente Billy agarró a los dos niños por las orejas.

—Menead las piernas. ¡Andando! Y que no os coja en nuestro territorio otra vez. ¿Está claro?

—Claro como el cristal de una ventana —dijo Jemmy con un suspiro de alivio—. Si fuese tan amable de decirnos por dónde se va al río, le estaría eternamente agradecido.

—¡Billy! —se oyó gritar a Tajamar—. No son unos pájaros corrientes. Échale un vistazo a la silla de montar.

Billy Tápate-La-Nariz siguió cogiendo a los niños por las orejas. A un lado del caballo, Tajamar sostenía el farol cerca de la silla.

—¡Que me despellejen vivo! —exclamó aquel hombre tan grandón con un temor reverencial—. Ese es el blasón del propio rey.

—Lo robamos, ¡el caballo y la silla! —intervino Jemmy a la desesperada.

—¡Tonterías! —replicó el príncipe Malandrín despectivamente—. ¿Acaso no os dije quién era? ¡Haced una gran reverencia, idiotas, y desapareced inmediatamente!

Pero los dos hombres ni se inclinaron ni salieron huyendo. Billy Tápate-La-Nariz le echó una mirada enfurruñada a su colega forajido.

—Tajamar, ¿cuánto calculas que vale un auténtico príncipe vivo?

—Su peso en oro por lo menos, Billy.

CAPÍTULO 6

En el que la trama se complica

Retazos de niebla se adherían a los árboles como trapos hechos jirones, y entonces el bosque se despejó. Pero los pinos eran tan frondosos que el sol mañanero apenas tocaba la tierra.

—Billy Tápate-La-Nariz apartó una rama baja, descubriendo una raquítica cabaña de madera con un mohoso techo de paja.

—Ahí está nuestro castillo, Su Joven Majestad —dijo riéndose entre dientes—. ¡Acepta nuestra hospitalidad! Espero que no te importe dormir en el suelo.

El suelo era de tierra apisonada. Ristras de cabezas de ajo colgaban de las vigas como cuerdas con nudos.

—Tengo hambre —hizo saber el príncipe Malandrín.

—Pues te darás una comilona —dijo Billy Tápate-La-Nariz—. Sírveles nuestra especialidad de pan con arenques, Tajamar.

Eso era todo lo que Jemmy había comido muchas veces, cuando tenía suerte, y

estaba demasiado hambriento como para pedir otra cosa.

El príncipe Malandrín enseñó los dientes.

—¡Antes comería barro!

Le echó mano a la cesta de mimbre, pero Tajamar la apartó de un tirón.

—A ver qué tenemos aquí —masculló aquel hombre esquelético, y echó la tapa hacia atrás—. ¡Échale un vistazo a esto, Billy! Tienen toda la pinta de ser pasteles de carne y tartas de fruta... ¡Y un par de faisanes asados! ¡Comeremos como reyes!

—¡Las manos fuera! ¡Eso es mío! —protestó el príncipe.

—*Era* tuyo —le ladró Tajamar.

«¡Cielos!», pensó Jemmy, «realmente el príncipe había huido al estilo real! Hasta se había traído un plato de porcelana, una cuchara y un cuchillo de plata para él.»

Mientras rebuscaba más a fondo en la cesta, el forajido que olía a ajo le gritó a Tajamar:

—¡Acerca más el farol! ¿Qué es esto?

En la penumbra de la cabaña, aquel hombre grandón sacó a relucir una corona de oro.

—¡Es mía! —se quejó el príncipe.

—*Era* tuya —le corrigió Billy Tápate-La-Nariz, a la vez que se colocaba la corona en el enredado nido rojo de su pelo.

—¡El príncipe Billy Tápate-La-Nariz! —exclamó Tajamar divertido, y empezó a rascarse como si tuviera la camisa plagada de pulgas; cosa que, pensó Jemmy, resultaba muy probable—. ¡Somos condenadamente ricos!

—¿Esa corona? Una bagatela —se

mofó Billy Tápate-La-Nariz—. Podemos ser más ricos que condenadamente ricos.

«¡El príncipe sin mollera!», pensó Jemmy. «¿Para qué se había traído la corona? ¿Para ladearla sobre su cabeza a la espera de que vagabundos y asesinos cayesen de rodillas?»

El forajido grandón con cara de bruto agarró del suelo al príncipe Malandrín y lo levantó para sopesarlo como si se tratara de un saco de patatas.

—Cincuenta y cinco libras, según mis cálculos —dijo—. Le escribiremos un mandato al rey, Tajamar. Cincuenta y cinco libras de monedas de oro a cambio de su real renacuajo.

CAPÍTULO 7
Que consiste en el relato de un lío enorme

Tajamar revolvía en un arca negra de roble entre cosas robadas. Salieron volando pañuelos como sucias palomas blancas, y zapatos usados, y un cencerro: todo un montón de porquerías. «Pues menudo botín el de estos dos harapientos salteadores de caminos», pensó Jemmy. «Y puede que ni sean tan astutos ni tan listos como nos han hecho creer los vendedores de canciones.»

—Aquí hay un trozo de papel, Billy —dijo Tajamar, al encontrarlo en el bolsillo del abrigo robado—. Pero, ¿cómo vamos a hacer los garabatos? No sabemos escribir.

—He visto cómo se hace. Afílanos una pluma de halcón, Tajamar.

—Tengo hambre —se quejó el príncipe—. ¡Tomaré una empanada de ternera, señor!

Billy Tápate-La-Nariz no le hizo caso. Hurgó alrededor buscando una raíz de remolacha, y le exprimió la savia con la mano. Goteó en el plato de porcelana como si fuera sangre.

—Ahí tienes la tinta, príncipe. Coge

la pluma de halcón y garrapatea nuestro mensaje.

El príncipe Malandrín se cruzó de brazos.

—No admito órdenes de canallas y villanos.

—Piensa en tu papá —dijo Billy Tápate-La-Nariz—. Siempre agradecerá muchísimo saber que estás sano y salvo.

—¡Te dije que tengo hambre!

—No comerás ni una habichuela hasta que nos hagas el documento.

—¡Pero si no sé escribir! —reveló al fin el príncipe Malandrín.

—¡Y los cuervos no pueden volar! —estalló el gran forajido con una bocanada de aliento a ajo—. ¡Eres un príncipe! A los reyes y a la gente así les enseñan a leer y a escribir nada más se tambalean fuera de la cuna. No creas que puedes darnos gato por liebre. ¡Ni lo intentes!

—¡Pero si ni siquiera puedo garabatear mi propio nombre!

Jemmy le echó una mirada calculadora al príncipe Malandrín. Casi parecía que no valía la pena salvar su fastidioso pellejo, pero había surgido un plan en su cabeza. A lo mejor podía engañar a estos forajidos roñosos para que dejaran irse al príncipe. Y así Jemmy se libraría de una vez del príncipe Malandrín para siempre.

—Deme la pluma de halcón. Yo escribiré esas palabras —anunció.

—Eso está bien —se entrometió el príncipe Malandrín—. El niño de los azotes sabe las letras. Ponte a ello, Jemmy El Callejero.

—Espera —dijo Billy Tápate-La-Nariz, mientras su aguda mirada saltaba de un niño a otro—. Este niño ignorante sabe las letras y, en cambio, el príncipe real no puede firmar con su nombre. Aquí hay algo que no funciona.

—¿Qué estás pensando, Billy? —preguntó Tajamar.

—Pues estoy pensando que estos chavales se han cambiado para que nos confundamos.

Jemmy levantó la barbilla presuntuosamente y trató de parecer lo más principesco posible.

—¡Tonterías! Yo soy un mero niño de los azotes.

El hombre grandón hizo retumbar su risa, a la vez que enseñaba su boca llena de dientes amarillos.

—¿Nos tomáis por majaderos? Tan cierto como que los huevos son huevos, tú eres el príncipe. ¡Su auténtica y genuina Alteza Real!

La cara del príncipe Malandrín se puso al rojo vivo.

—¿Ese asqueroso huérfano de la calle? —bramó—. ¿Ese malnacido...?

—¡Cállate! —le ordenó Jemmy—. ¿No te das cuenta de que ya no hay nada que hacer? Nos han descubierto. ¡Cierra el pico!

—¡Pero Su Alteza Real soy yo!

«¡Jo!», pensó Jemmy. «Este príncipe altanero no tiene más cerebro que un mosquito. ¿No veía que estaba tramando un plan?»

—¡Ahórrate las palabras! —le espetó Jemmy—. ¡Deja de darte aires, estúpido sirviente!

—¡Sirviente! ¿Te atreves a llamarme...?

—Cierra el pico —le interrumpió Billy Tápate-La-Nariz—. Dale una patada si vuelve a piar, Tajamar.

—Pásame la pluma de halcón —dijo Jemmy— y le escribiré a mi papá, el rey.

CAPÍTULO 8
La nota del rescate

Billy Tápate-La-Nariz ladeó la corona principesca sobre su cabeza.

—¿Qué has apuntado tan rápido?

Jemmy levantó un momento la vista de la hoja de papel.

—«Para Su Más Sagrada Majestad El Rey. Querido papá:»

—Sí, eso suena muy respetuoso. ¿Qué más?

—«Nuestros apresadores son súbditos leales, pero canallas de profesión. No les lleves la contraria.»

—Haz que eso suene un poquitín más fuerte —dijo el forajido, a la vez que se ponía a dar vueltas—. Dile que somos tan malos que damos vergüenza, y que somos brutos como un saco de clavos. ¡Avísale de que no nos da miedo la horca!

Jemmy hundió la pluma en el jugo de remolacha y continuó garabateando.

—Le diré que tienen plaza reservada en el infierno.

—¡Sí, eso es!

Tajamar había empezado a roer un faisán asado, y su carrillo estaba tan hinchado como si tuviese un tremendo flemón.

—¿Y qué me dices de los soldados del rey, Billy? Ahora se ha despejado la niebla y estarán buscando al chaval como un reguero de hormigas. Me entra un escalofrío...

—¡Bah! —exclamó Billy Tápate-La-Nariz—. Hasta los conejos se confunden y se pierden en este bosque. Estamos bien escondidos, Tajamar.

—Le advertiré a mi papá —se ofreció generosamente Jemmy— que, si divisan un solo uniforme, me partirán el cuello como a un pollo.

El príncipe Malandrín se sentó de mal humor en un montón de paja mohosa. Miraba fría y ferozmente a aquel niño de los azotes que se había apropiado su título real.

—Y no olvides la recompensa, Billy —dijo Tajamar—. Queremos el peso del príncipe en salchichas de oro, ¿de acuerdo?

—Dile eso al rey —indicó Billy Tápate-La-Nariz—. En letra grande. Y ahora déjame calcular un sitio seguro donde dejen el botín.

Jemmy mojó la pluma, pero luego se paró. «¡Jo!», pensó. «No basta con que escoja mis palabras como si fuera un príncipe. Demuéstrales tu clase y tu poder, Jemmy. *Piensa* como un príncipe.»

—¡Imbéciles! —estalló—. ¡Pillos de

pacotilla! No me canjearéis por semejante pequeñez. ¿Mi mero peso? ¿Un tesoro miserable que podríais cargar sobre un hombro? ¿Cómo os atrevéis a insultarme?

Las cejas rojas de Billy Tápate-La-Nariz se dispararon hacia arriba con gesto de absoluta perplejidad.

—¿Insultarte? ¿Una pequeñez?

—¡Un príncipe se merece un rescate de príncipe!

Aquellas cejas descendieron tan pronto como se habían elevado.

—No tenía intención de ofenderte, chaval. ¿Cuánto calculas que sería una recompensa adecuada?

—Por lo menos un cargamento de oro. Con joyas de relleno.

—¡Por todos mis muertos! ¿Un cargamento?

Tajamar se tragó el pastel de pollo que tenía en la boca.

—Nos olvidamos de las joyas, Billy.

—¡Muy bien, un cargamento entonces! —exclamó el forajido peludo.

La boca del príncipe Malandrín se abrió del todo ante la descarada malicia del niño que pagaba el pato.

Billy Tápate-La-Nariz se puso por encima del hombro de Jemmy y observó cómo pergeñaba las letras.

—¿No has hecho tu firma todavía?

—Estoy a punto —replicó Jemmy.

Con todas las florituras de las que fue capaz, escribió:

Tu Hijo Obediente
EL PRÍNCIPE HORACIO

CAPÍTULO 9

*En el que se descubre
el plan de Jemmy para
engañar a los villanos*

Billy Tápate-La-Nariz se metió una cabeza de ajo en la boca, la molió con sus dientes amarillos y se sirvió una empanada de carne.

—Nada como el ajo para despejar la cabeza y defenderse de la peste. Tajamar, dales a los chavales una ración de desayuno.

El escuálido forajido rebanó dos gruesos trozos de pan basto y cubrió cada rebanada con un arenque salado.

—Hincarles el diente, compañeritos.

—¡Cómo huele! —el príncipe Malandrín miró furioso el pan con arenques—. ¡Ni siquiera es apto para moscas!

—Pues nosotros lo comemos a menudo, con gusanos y todo —dijo Tajamar mientras cogía los huesos del faisán con dos dedos.

—¡Antes me moriría de hambre!

—Como quieras —le cortó Tajamar—. Esta es la primera vez que nos regalamos con un banquete del propio rey, y casi no llega para mí y para Billy.

Jemmy se sentó en la paja al lado del príncipe y contempló su desayuno. Examinó el pan de cerca, a la caza de bichos. Sabía que el príncipe nunca había pasado tanta hambre como para apartar la fauna de su comida.

—Come —susurró—. No consigo dar con nada que se arrastre por ahí dentro.

—El pan está duro —gruñó el príncipe.

—Tan duro como para reparar un tejado, pero me he zampado cosas peores.

El príncipe empezó a mordisquear los bordes. Billy Tápate-La-Nariz le echó una mirada y se sonrió.

—Pégale un mordisco a un ajo, niño de los azotes. Mejora mucho el sabor.

Tajamar se limpió sus finos labios grasientos con el dorso de la mano.

—¿Cómo sabemos que el príncipe no nos ha tendido una trampa en ese mensaje, Billy? Puede haber dicho una cosa y escribir otra. ¿Dónde vamos a encontrar a alguien que nos lo lea?

—¿Dudáis de la palabra de honor de vuestro príncipe? ¡Patanes insolentes! ¡Canallas! Os mandaré azotar.

Tajamar puso a Jemmy de pie de un tirón.

—¿A quién le estás llamando de todo? ¡Te voy a poner el pellejo rosa como un salmón!

Billy Tápate-La-Nariz lo apartó a un lado.

—Ándate con ojo. Ponerle las manos encima a un príncipe es peor que un asesinato vulgar y corriente. No nos hace falta quebrantar más leyes del rey que las necesarias. Si hay que zurrarle a alguien, para eso está el niño de los azotes.

Los ojos del príncipe se abrieron de par en par y la cara se le puso blanca. Nunca se le había pasado por la cabeza que él pudiera recibir una tunda.

—Pero, señor, ¡no fui yo el que les llamó de todo!

Tajamar soltó una risita repentina.

—¿Ahora me llamas «señor»? Así está mejor. Pero dile al príncipe aquí presente que tenga cuidado con lo que dice.

El príncipe Malandrín le echó una mirada envenenada a Jemmy.

El forajido que olía a ajo se inclinó hacia Jemmy.

—Mira, príncipe, no es que dudemos de tu palabra y tu honradez. ¡Nada de eso! Pero, de todas formas, nos gustaría ver cómo lees el mensaje.

Jemmy se apartó del aliento del hombre y empezó a leer.

—No, así no, chaval. Empieza por el final. Léelo al revés. Espero, por el bien de tu niño de los azotes, que no te tropieces y te trabuques como si las auténticas palabras no estuvieran en el papel.

Jemmy se encogió de hombros.

—Dice... «Obediente Hijo Tu.»

—Tu Obediente Hijo —dijo Billy Tápate-La-Nariz—. Sigue así.

—Joyas de y oro de llena carreta una rescate como piden.

—Piden como rescate... de carreta... llena... —el propio forajido empezó a confundirse y a trabucarse con las palabras—. Sí, eso es.

Jemmy leyó todo el mensaje al revés. Y luego una segunda vez hasta que el forajido peludo estuvo satisfecho.

—Y ahora —dijo— todo lo que tenemos que hacer es procurar que le llegue inmediatamente el mensaje al rey sin que nos echen el guante.

—Eso es fácil —afirmó Jemmy—. Que lo lleve en mano al castillo mi niño de los azotes.

CAPÍTULO 10

*En el que el príncipe
Malandrín hace honor
a su nombre*

Billy Tápate-La-Nariz le echó una mirada maliciosa al hijo del cazador de ratas.

—¿Me tomas por un imbécil redomado, príncipe? ¡Mandar a tu niño de los azotes! Para que suelte dónde estamos escondidos, ¿eh? El rey vendría talando todos los árboles si se entera de que nuestra guarida está en el bosque.

Jemmy adoptó un principesco aire de indiferencia.

—Entonces llevad el mensaje vosotros mismos. Me importa un rábano si nunca volvéis vivos —se llenó la boca de pan con arenques—. Lo confieso, está muy sabroso.

El príncipe Malandrín se mofó en voz baja. No había demostrado el más mínimo interés en el plan de Jemmy para liberarlo. Sus ojos se encontraron, o más bien chocaron. «¡Jo!», pensó Jemmy. «Está que fuma en pipa por sentirse destronado. Me acusará de traición.»

—Yo vigilaré al príncipe —dijo Tajamar—. Tú eres el que va a ir, Billy.

—¿Yo? —ululó aquel hombre grandón—. ¿Yo, del que se cantan canciones y
hago que les piquen las narices? A la primera bocanada de ajo, la cabeza de Billy
Tápate-La-Nariz habrá volado.

—No es probable —le corrigió Jemmy—. Es verdad que papá te mandará tor-
turar un poquitín para soltarte la lengua.
Pero no hará nada con tu cabeza. No es el
estilo de papá. Prefiere meter a la gente en
aceite hirviendo.

El efecto fue instantáneo en los forajidos. Billy Tápate-La-Nariz abrió la boca
de par en par. Y el sudor inundó su cara
como si fueran gotas de lluvia.

—Tú estás en los huesos, Tajamar.
Eres todo pellejo. Podrías pasar por el ojo
de una cerradura. Yo vigilaré al príncipe.

—¡Oye, Billy! No me apetece que
me frían hasta que esté crujiente.

El forajido peludo soltó un bufido
definitivo.

—Mandaremos al niño de los azotes.

Jemmy contuvo un suspiro de alivio.

—Y mi corona con él.

—¿Tu corona de oro? —se descolgó
Tajamar—. ¡Ni hablar, de eso nada!

Jemmy hizo como que ardía de im-
paciencia.

—¡Inocentón! Apostaría a que no
hay dos zopencos más ignorantes y anima-
les en todo el país.

El príncipe Malandrín fulminó a Jemmy con una mirada ceñuda.

—¡Para ya! —susurró ásperamente—. No les enseñes lo peor de tu vocabulario. ¡Vas a hacer que me azoten!

Jemmy no le hizo caso.

—¡Burros! —prosiguió—. Antes de que se termine el día, docenas de villanos harán llegar peticiones falsas. Sólo mi corona convencerá a papá de que vosotros sois los auténticos ladrones.

Billy Tápate-La-Nariz empezó a pasearse, mientras mascaba cabezas de ajo como si fueran uvas. Al final, se quitó la corona de la cabeza y se la tiró al príncipe Malandrín.

—¡Tú, niño de los azotes! ¡Llévasela al rey! Si no sigue las instrucciones de la carta...

—¡Acabaremos con el príncipe! —interrumpió Tajamar a la vez que se pasaba un dedo con pinta de cuchillo por la garganta.

—Y canta todo lo que quieras —añadió el otro forajido—. Cambiaremos al príncipe de escondite.

El príncipe Malandrín cogió por la hedionda cola el arenque que no había comido y lo tiró a un lado. Sin demostrar el más mínimo interés por la suerte de Jemmy, les echó un vistazo a los dos forajidos.

—¡No voy a llevar nada! —estalló—. ¡No volveré al castillo!

Jemmy se quedó sin habla. ¿El príncipe Malandrín tenía arena en vez de cerebro? ¡Jo! ¿No se daba cuenta de que podía agarrar su corona y verse libre?

—No me agrada recibir órdenes de pillos vulgares y corrientes —dijo el príncipe Malandrín con frialdad.

—¡Pues a mí me agradaría sacarte los dientes de esa maldita cara! —replicó Billy Tápate-La-Nariz—. Puede que vivas en el castillo, pero sólo eres el niño de los azotes. ¡Haz lo que te decimos!

—Haré lo que me dé la gana. Y no me da la gana de llevar vuestro recado.

Jemmy se levantó de un salto y le lanzó una mirada furiosa al príncipe.

—A Jemmy El Callejero le dan estos ataques de tozudez —dijo—. ¡Es terco como una mula! Dejadme tener unas palabritas con él.

—¡Yo le sacudiré la tozudez de encima! —exclamó Tajamar, mientras se tambaleaba hacia delante.

El príncipe Malandrín se escurrió fuera de su alcance, y una mirada amarga le atravesó la cara.

—Rasgaré vuestro vil mensaje en cuanto me vaya. ¡Y me quedaré con la corona para mí!

Billy Tápate-La-Nariz sujetó el brazo en alto de Tajamar.

—¡Espera! Mira lo que está diciendo.

—¿Crees que va detrás de parte de la recompensa, Billy?

—Probablemente.

—Nos ha salido avaro el pajarito —se quejó Tajamar—. ¿Cuánto calculas que nos puede sobrar?

—Esto necesita unas palabritas en privado. Vamos a parlamentar. Sígueme.

En el momento en que los forajidos salieron de la cabaña, Jemmy se volvió hacia su compañero.

—¡El príncipe Zoquete! Deberías llevar la corona para defenderte de los pájaros carpinteros.

—¡Impostor! ¡Cómo te atreves a insultarme!

—¡Harías que le diera un ataque al propio diablo! ¿No los he embrollado para que te soltaran? ¡Y me lo agradeces con un real graznido!

El príncipe se había acercado hasta la cesta de mimbre para sacar un pastel de manzana que quedaba. Lo engulló rápidamente.

—Volveré al castillo cuando esté pre-
parado. Cuando yo quiera. ¡Ni un minuto
antes!

Los ojos de Jemmy se afilaron. No
podía desentrañar lo que se estaba cociendo

en la cabeza del príncipe. ¿Podía preocuparse por alguien aparte de él mismo, aunque
sólo fuera una vez?

—Supongo que no piensas que me estás protegiendo a mí, ¿verdad?

—¿A ti?

—Sabiendo que me dejarán tonto de
un mamporro en cuanto se den cuenta de
que los he engañado.

El príncipe se encogió de hombros.

—Eres listo, muchacho. Ya se te
ocurrirá algo.

—Ya he pensado en eso. Nada más te
hayas ido, me largaré a escondidas. Ahí
afuera, en el bosque, será más difícil cazar-
me que a una pulga.

—Pero yo no me voy —dijo el príncipe con firmeza.

—¡Jo! ¿Pero por qué? ¿Es que te da
miedo tu padre? ¿Es eso por lo que no quie-
res volver?

—No me echará de menos —se mofó
el príncipe.

—¡Claro que sí!

—Déjale que espere. Y preocúpate de
tus propios asuntos, niño de los azotes.

—Esto es asunto mío. ¿Crees que
has salido de juerga? ¿Con dos asesinos ahí
fuera?

Los asesinos volvieron a entrar en la
cabaña arrastrando los pies. Billy Tápate-
La-Nariz clavó los ojos en el príncipe Me-
landrín con su sonrisa peluda.

—Que nunca se cante que yo y Tajamar no somos cantidad de generosos. ¡Repartiremos contigo un cubo lleno de oro y joyas!

—No —replicó el príncipe terminantemente, como si le hubieran ofrecido un cubo lleno de carbón.

—¡No me hagas perder la paciencia! —le advirtió el enorme forajido.

Billy Tápate-La-Nariz se quitó de un tirón su cinturón de cuero.

—¡Voy a hacerte sentar la cabeza con unos cuantos azotes!

Jemmy comprendió que el príncipe Malandrín no iba a dar su brazo a torcer.

—No os hace falta que mi niño de los azotes entre en el castillo. Hay una manera mejor.

—¡Dila! —exclamó Tajamar nada convencido.

—Mi caballo —recalcó Jemmy—. ¡Ahí tenéis vuestro mensajero, señores!

Billy Tápate-La-Nariz dio un bufido.

—¡Ni hablar! ¿Ese animal tan estupendo? Hemos ido andando desde que nuestro pobre caballo se quedó patas arriba. Necesitamos un caballo para nuestra clase de trabajo.

—¡Imbéciles! —exclamó Jemmy, como si su propia paciencia principesca hubiese llegado al límite—. Con anillos en los dedos y oro en los bolsillos, podéis salir a los caminos como caballeros. Viajaréis por ahí

en maravillosos carruajes. Pero antes tenéis
que echarle mano al tesoro.

Tajamar hizo con su nariz un ruido
como de diapasón.

—¿Con ese caballo ahí fuera?

—Que es propiedad del rey. Un caballo siempre puede encontrar el camino de
vuelta a casa, ¿no es verdad? Ese estupendo
animal llevará el mensaje y la corona hasta
las cuadras del castillo. ¡No más preguntas!

CAPÍTULO 12

En el que Jemmy es traicionado

Con una risita alegre, Billy Tápate-La-Nariz dejó caer la nota del rescate y la corona de oro dentro de una sucia saca de lino.

Cuando ya había atado la saca a la silla de montar, se volvió hacia Tajamar.

—Nada más esté a la vista del castillo, soltaré al animal. ¡Vigila a nuestros prisioneros!

—Los ataré bien —dijo Tajamar resollando, mientras ayudaba a su pesado compañero a subirse a la silla real.

Desde el umbral, Jemmy vio cómo Billy Tápate-La-Nariz desaparecía en el enmarañado laberinto de zarzas y ramas de árboles. Luego echó una ojeada al desnudo mobiliario: las ristras colgantes de cabezas de ajo, el lecho de paja y el arca de bienes robados. Le haría falta alguna maña para escapar.

El príncipe clavó la vista en él con una sonrisa satisfecha.

—Eres listo, sí señor. Pero un vulgar zopenco de todas formas.

—¡Jo!

—¡Una carreta de oro y joyas! Estos canallas se habrían contentado con un mero cascabeleo de monedas.

Los ojos de Jemmy retrocedieron hasta el lecho de paja.

¡Ahí estaba su escapatoria!

—Una carreta de pamplinas —dijo—. Nunca la entregarán.

—¡Yo soy el príncipe! ¡Papá tendrá que pagarla!

Jemmy empezó a socavar la paja mohosa como un ratón de granero.

—Nada de eso.

—¡Papá va a echar espuma por la boca!

Jemmy iba desapareciendo poco a poco bajo la paja.

—Piénsatelo dos veces. Quedará claro como el agua que el mensaje es una ingeniosa imitación en clave.

—¡Papá me encerrará con siete llaves después de esto!

—Esa nota no se la creería nadie. ¿Cómo podrías haberla escrito tú? En el castillo todos saben que ni siquiera puedes firmar con tu propio nombre.

—¡Nunca me hizo falta!

—Soy yo el que está en apuros. Yo seré el que pague por esta travesura tuya de haberte escapado. Y volveré a pagar cuando el tutor ponga los ojos en la letra. Dirá: «¡Jemmy! Este es Jemmy que intenta forrarse.» ¡Tu padre me retorcerá el pescuezo con sus propias manos! Así que te estaré muy agradecido si me ayudas a largarme de aquí.

—Te prometo mi protección —hizo saber el príncipe con repentina generosidad.

—Jemmy se protege a sí mismo —dijo el niño que pagaba el pato—. Cuando ese latoso de Tajamar venga a atarnos, dile que me he escurrido por la puerta. Nada más salga disparado detrás de mí... intentaré escaparme.

—¿Vas a dejarme solo con estos matones?

Antes de que Jemmy pudiera responder, oyó el agudo chirrido de la puerta y contuvo la respiración.

—Chavales, no os importará si os lío como a una oca de Navidad.

Siguió una pausa repentina, y el corazón de Jemmy empezó a latir muy fuerte.

—¿Dónde está el príncipe? —espetó Tajamar.

Jemmy oyó cómo el príncipe Malandrín contestaba sin la menor vacilación:

—¿Ése? Por ahí, debajo de la paja.

CAPÍTULO 13
La persecución

Como buen purasangre callejero, Jemmy obró por instinto. No esperó a que le echaran el guante.

En medio de un estallido de paja, salió disparado y dio un salto hacia la puerta. Tajamar, asustado, perdió tan solo una pizca de tiempo. Pero fue suficiente.

Jemmy abrió la puerta de golpe y echó a correr.

Con sus largos brazos bien abiertos, Tajamar fue dando tumbos detrás de él.

Y el príncipe Malandrín los siguió.

Jemmy desapareció en la silvestre maraña verde. Saltó sobre un gran tronco caído, pasó agachándose bajo ramas que colgaban a escasa distancia del suelo y, como un conejo, cambió repentina y sucesivamente de dirección.

Podía oír a Tajamar respirando como un fuelle muy cerca, detrás de él.

—¡Voy pisándote los talones! ¡Párate

antes de que me saques de quicio, ¡príncipe!

Jemmy ganaba terreno a toda velocidad. Las hojas crujían bajo sus pies. ¡Jo! Muy bien podría ir encabezando un condenado desfile, por todo el ruido que iba haciendo.

Llegó hasta un pequeño claro, ¡y menudo susto se pegó! Husmeando cerca de las raíces, blancas como un esqueleto, de un árbol hueco vuelto hacia arriba, había una bestia salvaje.

¡Un oso!

Jemmy habría preferido al propio Tajamar por compañía. Pero, antes de que pudiese encontrarse las piernas, la bestia peluda se dio a la fuga.

Se fue estrepitosamente por la izquierda de Jemmy.

Jemmy recuperó el aliento. Luego, casi sin pensarlo, se metió en el agujero del árbol muerto y se acomodó dentro.

Momentos después entrevió por un instante a Tajamar, que se llevaba una mano a la oreja. A la vez que giraba sobre sus talones, aquel hombre desconcertado dio un grito.

—¡Casi te tengo cogido por la pata trasera, príncipe latoso!

Jemmy dejó escapar un pequeño suspiro de alivio. Tajamar se llevaría una sorpresa mayúscula si cogía a aquel oso por la pata trasera.

A medida que los ruidos de la perse-
cución iban desvaneciéndose, Jemmy fue sa-
liendo a gatas del árbol hueco. El sol estaba
ahora lo bastante alto como para enviar hu-
meantes rayos de sol a través de las copas de

los árboles. ¿En qué dirección estaba el río?

Y entonces vio al príncipe Malandrín, la cara roja como una langosta de tanto correr, al borde del claro.

—¡Siervo ingrato! —protestó, mientras se quedaba mirando ferozmente a Jemmy.

Hasta ese momento, Jemmy no había tenido un momento de respiro para la cólera. Pero ahora la furia le inyectó los ojos. ¡Al diablo con aquel príncipe odioso y chivato!

—¡Tú me traicionaste a mí!

—¡Tú me abandonaste a mi suerte!

Jemmy montó en cólera.

—¿No se creen que yo soy el príncipe? Si no me hubieras señalado cuando estaba debajo de la paja, Tajamar habría salido corriendo para seguirme la pista. Y podríamos habernos escaqueado la mar de fácil. ¡No tendría que haberme dejado los pulmones en esta carrera!

El príncipe meditó esto por un instante. Asintió con la cabeza.

—Entonces te perdono.

Jemmy se quedó sin habla un momento.

—¿Que me perdonas? No te molestes, mi buen y leal príncipe. Y búscate otro niño que pague el pato.

—Pero si no te he despedido de mi servicio —dijo el príncipe tranquilamente.

—Me despido yo mismo —le respondió Jemmy furioso—. Llegaré hasta donde voy, y tú puedes encontrar tu propio camino de vuelta al castillo.

—Iré contigo.

—¡No creo!

Jemmy se volvió hacia la derecha y desanduvo su camino a golpes con el follaje.

CAPÍTULO 14
*En donde se oye
una voz en el bosque*

Jemmy podía oír cómo el príncipe Malandrín le seguía la pista paso a paso. Continuó avanzando sin parar.

Las zarzas, que sobresalían como garras de gato, se enganchaban en sus preciosos ropajes. Los árboles del bosque se alzaban a su alrededor como los barrotes de una cárcel.

Al final Jemmy giró sobre sus talones.

—¡Déjame en paz! ¡Vete por tu lado!

—Este lado me viene bien —dijo el príncipe.

—Bueno, pues no me sigas. Tengo tanta idea de dónde voy como un mosquito.

—Silencio —susurró el príncipe, a la vez que torcía la cabeza—, ¿oyes eso?

Los dos se quedaron helados.

Del bosque les llegaba una voz que se lamentaba.

—¡Tunia! ¡Pet-Pet-Petunia!

Y entonces apareció una joven descal-

za con un tintineo de pulseras. Se movía
entre los árboles tan rápidamente como un
espíritu de los bosques.

—¡Pet-Pet-Petunia!

Llevaba una cuerda enrollada en una

mano y con la otra sostenía un pedazo color ámbar de panal de miel.

—¡Ven aquí, cariño! Ven con Betsy.

De repente, como si hubiera percibido una presencia entre los árboles, se encaminó hacia Jemmy y el príncipe.

—¿Petunia? ¿Estás ahí, pillina? ¿Has olido la miel? ¡Ven a servirte tú misma, Pet!

Jemmy no sabía qué pensar de esta mujer; mejor dicho, muchacha. Porque a medida que se fue acercando, calculó que no podía tener más de catorce o quince años. Salió de donde estaba y se puso completamente a la vista, con el príncipe pegado a él como una sombra.

—¿Señorita?

Ella se paró en seco.

—¡Pero qué ven mis ojos! ¿Quiénes sois?

—Nos hemos perdido —dijo Jemmy—. ¿Sabe por dónde se va al río?

—Claro que sí. ¿Acaso no vamos hacia la feria yo y Petunia? ¿Lo habéis visto?

—¿A Petunia?

—¡Se soltó! Mi oso bailarín famoso en todo el mundo.

—Me asustó muchísimo —respondió Jemmy, y señaló—. Por allí.

Ella giró sobre sus talones y echó a andar.

—¡Eh! —le gritó Jemmy—. ¿Dónde está el río?

—Donde ha estado siempre. ¡Hacia el sur!

—¿Y hacia dónde está el sur?

Betsy se detuvo para poner el brazo como un indicador.

—¡Todo derecho!

—¿Estás segura?

—Seguro que estoy segura. Mi papá, que en paz descanse, decía siempre que yo tenía una cabeza como un compás.

Y desapareció.

Sus ropas estaban hechas jirones a última hora de la mañana, cuando Jemmy y el príncipe vislumbraron el río centelleante. Y casi al mismo tiempo retrocedieron para ponerse a cubierto inmediatamente.

Montados en caballos que levantaban mucho las patas, un par de soldados avanzaban a la vera del río.

—Deben de haber salido a buscarte —susurró Jemmy—. ¡Si me cogen contigo, estoy perdido!

El príncipe Malandrín no parecía escuchar las palabras de Jemmy. Tenía los ojos fijos en los soldados que estaban pasando.

—¡Oye! —refunfuñó Jemmy impaciente—. No puedo llevarte pegado a mí como un percebe. ¿No estás harto de escaparte? ¡Vuélvete con los soldados!

El príncipe meneó la cabeza.

—Déjales pasar.

Y luego añadió con la más tenue de las sonrisas:

—Esta es la primera vez que no le ha dado un ataque a nadie porque me he ensuciado la ropa. ¡Las damas me mantenían limpio y almidonado como una funda de almohada!

—¡Pero tú eres un príncipe!

—¿Tengo la cara tan sucia como tú?

—¡No te pega andar dando tumbos fuera de esos muros!

El príncipe Malandrín miró a lo lejos.

—¿Tenías muchos amigos cuando vivías en la calle?

—Montones.

—Montones, claro.

—Pero casi ninguno de ellos habría dejado de pelearse conmigo por un hueso. Vuelve. A tu padre deben de estar dándole ataques por duplicado de tanto preocuparse.

El príncipe contestó con un destello de resentimiento.

—También podrían rellenarme y colgarme de la pared como a una cabeza de ciervo, para el caso que me hace...

—Tú me recuerdas bastante a él con todas tus travesuras. ¿Cuánto tiempo vas a dejarle cocerse de tanto sudar?

—No lo sé —declaró el príncipe—. A lo mejor no vuelvo nunca. ¡En mi vida me lo había pasado mejor!

—¡Jo! —masculló Jemmy.

CAPÍTULO 15

Del hombre de las
Patatas Calientes y
otros asuntos

Los soldados ya habían pasado.

Siguiendo el río, Jemmy se encaminó hacia la ciudad. El príncipe Malandrín daba zancadas a su lado.

—En cuanto pueda, tengo la intención de darte esquinazo —le avisó Jemmy—. Te quedarás solo.

El príncipe no dijo nada.

La marea estaba baja y avanzaban sin ser vistos desde el camino, ocultos por un terraplén cubierto de hierba. A lo lejos, contra ondulantes nubes blancas, se recortaba un revoltijo de mástiles como pajitas.

—Puedes apañártelas por tu cuenta, ¿verdad? —preguntó Jemmy de repente.

—¡Claro que puedo! —contestó el príncipe en un tono punzante—. No necesito manadas de servidores para que me hagan de esclavos.

—Asunto liquidado entonces.

—¡Liquidado! Lárgate cuando quieras.

Con la marea baja, una ancha franja de lodo había quedado al descubierto. Por una antigua costumbre, Jemmy llevaba los ojos bien abiertos por si descubría algún tesoro. Los andarríos se dispersaban ante él como ratones. Distinguió una tabla de un tonel y se puso a saltar sobre ella.

—¡Vaya tontería! —comentó el príncipe—. ¿Qué estás haciendo?

—Galodando.

—¿Qué?

—Tengo que comer, ¿no? Si puedo juntar bastantes maderas a la deriva, puedo venderlas como leña.

El príncipe se encogió de hombros y siguió andando. Jemmy le miró un momento desde atrás. ¿Qué sabía un príncipe de la vida en la calle? Sus comidas siempre habían aparecido en platos de porcelana y bandejas de plata como por arte de magia. Por sí mismo, se habría muerto de hambre.

—No es asunto mío —masculló Jemmy.

—¿Qué?

—Tú, ¡qué va a ser! Si te entra mucha hambre, ya te las arreglarás para volver al castillo.

El príncipe miró de reojo a Jemmy, y luego se agachó para rescatar del lodo la pata rota de una silla.

—¿Esto vale para algo?

Jemmy asintió. Al poco rato, los dos

habían reunido tres tablas más de tonel y el respaldo de la silla.

Luego Jemmy encontró algo todavía más valioso para él: una jaula retorcida y abollada. ¡Con eso podía dedicarse a sus negocios! Enderezada, serviría para meter ratas.

Al pasar una curva, el trallazo de un látigo resonó en el aire como un petardo. Jemmy trepó por el terraplén para echar un vistazo.

Una vieja diligencia desvencijada estaba empantanada en un hoyo, entre el barro. El cochero, que parecía igual de viejo y gastado, sujetaba las riendas de su tiro de dos caballos y hacía restallar de nuevo el látigo.

—¡Tirad, compadres! ¡Sed buenos chicos! Es culpa mía no haberos hecho esquivar este pantano. Mi vista ya no es lo que era, ¿eh, compañeros?

Jemmy echó otro vistazo mientras los caballos intentaban liberar la diligencia. El carruaje estaba esmaltado de azul, con letras amarillas pintadas en el panel de la puerta:

Capitán Harry Tentempié
EL HOMBRE DE LAS PATATAS CALIENTES

Jemmy trepó hasta arriba del terraplén. Un viajecito hasta la ciudad le vendría estupendamente.

—¿Señor? ¿Admitiría un pasajero? Mire, meteré estas tablas de tonel debajo de las ruedas.

—No me importaría nada —dijo el capitán Tentempié—. Aunque llego tarde a la feria.

Jemmy se encargó del asunto, construyendo un sendero firme para las ruedas. El príncipe Malandrín observaba desde el borde del terraplén.

—Debe llevar una carga muy pesada —gritó Jemmy—. Inténtelo otra vez, capi.

El viejo sacudió el látigo, los caballos tiraron con fuerza y la diligencia salió rodando del hoyo.

—Salta dentro, chaval.

Jemmy abrió la puerta y vio que la diligencia estaba completamente cargada de patatas crudas y una gran olla de hierro. Jemmy se acomodó lo mejor que pudo, y el carruaje empezó a dar tumbos.

«Por fin», pensó Jemmy. «¡Te has librado del príncipe!»

Pero no pudo evitar mirar hacia atrás.

El príncipe Malandrín estaba en el medio del camino. Había dejado caer su carga de leña y se limitaba a contemplar la diligencia que se alejaba.

Jemmy se puso derecho y se cruzó de brazos. El príncipe ya no volvería a ser asunto suyo. Pero se había quedado allí como un pájaro herido. ¡Maldito príncipe! Un príncipe no tenía la más remota idea de cómo defenderse por sí mismo.

—¡Pare, capi! —gritó Jemmy—. Nos hemos dejado a mi amigo.

El hombre de las Patatas Calientes tiró de las riendas. Jemmy se asomó por un ventanuco y con un brazo le hizo señas al príncipe Malandrín para que se acercara.

Por un momento, Jemmy creyó que había visto un destello de sonrisa en la cara del príncipe. Pero se había desvanecido cuando el heredero del trono se unió a él en el interior de la diligencia.

Viajaron en silencio. Jemmy se preguntó qué era lo que le había llevado a referirse al príncipe Malandrín como a un amigo. ¿Amigo? ¡Antes que eso las vacas darían cerveza!

Un rato después, la diligencia se balanceó por una parada repentina.

—¡No os mováis y soltad la pasta!

Un par de salteadores de caminos estaban apuntando con unas pistolas al capitán Tentempié. Jemmy apenas tuvo que asomarse para mirar. La voz le era familiar.

Era Billy Tápate-La-Nariz. Y Tajamar.

CAPÍTULO 16

En el que el príncipe ni grita ni chilla

Jemmy sintió una oleada de horror. «¿Había que salir corriendo?», se preguntó. En vez de eso, empezó a esconderse excavando en el montón de patatas sueltas.

—Acuérdate —le susurró el príncipe— de que me están buscando a mí, no a ti. Diles que nos hemos separado. Diles que he cruzado el río a nado.

El príncipe Malandrín se limitó a mirarle.

Las voces retumbaban fuera.

—¡Alto! ¡Venga la pasta, he dicho!

—Ya te he oído —exclamó el capitán Tentempié—. ¿Qué es lo que tengo que soltar? ¿Patatas? ¡Qué pillos más ruines! Sírvanse ustedes mismos.

—¡A la porra tus patatas! —bramó Billy Tápate-La-Nariz—. Danos un poco de información y te puedes ir. Vamos tras dos aprendices de pícaro.

—¿Aprendices de salteadores de caminos? —se mofó el capitán Tentempié.

—Eso es asunto nuestro. Una niña con un oso nos dijo que los había visto corriendo hacia el río. ¿Llevas pasajeros?

Jemmy se puso la olla de hierro sobre la cabeza.

Una puerta de la diligencia se abrió de un tirón, y Jemmy pudo oír la risita ahogada de Tajamar.

—¡Tengo a uno! ¡Es el niño de los azotes! ¿Dónde está tu amo, eh?

Jemmy aguantó la respiración. No tenía ninguna razón para creer que el príncipe no iba a traicionarle otra vez.

Siguió una pausa tensa.

Y entonces el príncipe Malandrín dijo:

—Cruzó el río a nado.

Para entonces Billy Tápate-La-Nariz ya había abierto de golpe la puerta de enfrente. Jemmy se imaginó que, incluso a través de la olla, era capaz de oler el ajo.

—¿Que cruzó el río? ¡Anda ya! Le harían falta escamas y aletas.

Casi al instante, alguien agarró la olla y la cabeza de Jemmy quedó al descubierto.

—¡Aquí está la patata que andábamos buscando! —bramó encantado Billy Tápate-La-Nariz.

Jemmy y el príncipe fueron sacados de la diligencia de un tirón, y aquel forajido grandón le gritó al capitán Tentempié:

—Tíreme su fusta, ¡y siga!

Con los dos niños agarrados por el

pescuezo, los salteadores de caminos des-
aparecieron rápidamente bajo el terraplén.

Billy Tápate-La-Nariz parecía lo bastante enfadado como para estrangular a
Jemmy allí mismo.

—¡Conque engañándome, eh! —ru-
gió—. ¡Despistándome con tus garabatos de
mentirijillas!

«Se acabó el juego», pensó Jemmy.
«Se ha dado cuenta de que la nota del rescate no vale un pimiento.» Pero, mientras
trataba de parecer lo más inocente posible,
contestó:

—¿Señor?

—Un saco de oro o dos nos habría
bastado a mí y a Tajamar —gruñó el forajido peludo—. No nos apodamos «Los Ava-
ros». ¡Pero tú! ¡Mira que subir la apuesta
hasta una gran carreta! Todo calculado para
frenarnos, ¿verdad? ¡Sería más fácil arras-
trar por ahí un caballo muerto! Si no nos
andábamos ligeros, nos cogerían. ¡Ese era
tu plan!

«¡Qué par de imbéciles!, pensó
Jemmy. ¡Ese no había sido su plan en ab-
soluto!

—No habéis entendido nada —afirmó—. ¡Lo juro!

—Sí, sí, un botín lo bastante grande
como para llevarnos directamente a la horca, ¿eh? —prosiguió Billy Tápate-La-Nariz—. ¡Bueno, pues de estos azotes no vas a
olvidarte nunca!

Hizo chasquear el látigo del capitán Tentempié en el aire para ver cómo era.

—Aquí está el niño de los azotes —intervino Tajamar—. Dijiste que nos iría muchísimo peor si azotábamos al propio príncipe.

Billy Tápate-La-Nariz asintió vivamente. Tajamar puso al príncipe cabeza abajo y lo sujetó en el aire por los tobillos.

—Venga, Billy.

Jemmy consiguió hablar por fin.

—Deja ese látigo —ordenó con un estilo principesco—. ¿No tenéis ni una pizca de sentido común entre los dos?

—¡Cierra el pico!

—¡Inocentones! Podéis llenaros los bolsillos con el botín y andar tan ligeros como siempre —dijo Jemmy.

—¡Nadie despista a Billy Tápate-La-Nariz y se larga tan tranquilo!

El látigo restalló contra la espalda del príncipe.

Jemmy contuvo el aliento. Sabía lo que se sentía. Vio que el príncipe Malandrín había apretado las mandíbulas, como Jemmy había hecho siempre, así que ni un solo sonido se escapó de sus labios.

—¡Más fuerte! —aconsejó Tajamar—. No le has hecho decir ni pío.

El hombretón le dio de nuevo.

—Debe tener la piel como la de un elefante —dijo Tajamar—. No siente nada.

—¡Esto sí lo sentirá! —bramó Billy

Tápate-La-Nariz, y el látigo silbó en el aire.

La casaca del príncipe estaba echa jirones.

—¡Chilla! —le gritó Jemmy; había soñado con que azotaran al príncipe, pero ahora que estaba pasando de verdad no le daba ningún gusto—. ¡Grita y chilla! ¡No se lo diré a nadie!

Pero el príncipe Malandrín solamente se preparaba para el siguiente azote.

Desde lo alto del terraplén llegó una voz desaforada. Betsy y su oso bailarín estaban allí.

—¡Canalla! —gritó—. ¿Qué le estás haciendo a ese pobre niño?

—No es asunto tuyo —le gruñó Tajamar.

—¡Para!

Pero Billy Tápate-La-Nariz alzó de nuevo el látigo. Lo siguiente de lo que Jemmy se dio cuenta fue de que la niña había soltado la cuerda del cuello del oso.

—¡A por ellos, Petunia! ¡Cógelos!

CAPÍTULO 17
Petunia al rescate

El oso bajó gruñendo por el terraplén.

Mientras se alzaba sobre sus patas traseras, descubrió los dientes y soltó un rugido como un trueno.

Tajamar dejó caer al príncipe y salió disparado como un galgo. Billy Tápate-La-Nariz, con los ojos redondos como bolas de nieve, fue a precipitarse en el río. Levantó muchísima espuma y, si no sabía nadar, aprendió de repente.

Jemmy había reculado, pero en ese momento Betsy soltó un silbido y el oso se detuvo.

—¡Buen chico, Petunia! ¡Con eso basta, cariño! —volvió a pasar la cuerda por el cuello del oso. Luego se inclinó sobre el príncipe—. ¡Los muy matones! ¡Mira que dejar a rayas la espalda de un niño!

El príncipe Malandrín no movía un músculo, porque el oso se dedicaba a husmearlo.

—Detén a este oso —susurró muy quieto.

—Oh, no tengas miedo de Petunia. Es tan bueno como un gatito. Déjame curarte la piel.

—No.

—Déjanos echarte un vistazo.

—Gracias, ¡pero no! —exclamó el príncipe.

—¡Caramba! ¡Qué valiente eres! Debe de doler horrores.

Jemmy vio cómo el príncipe se levantaba despacio del embarrado suelo.

Cada vez estaba más asombrado. ¿El príncipe Malandrín un valiente? No era posible. Pero, ¡jo!, tenía una veta de valor dura como el hierro.

El príncipe movió los brazos y los hombros. Hizo una mueca de dolor, pero luego empezó a sacudirse el barro.

—¿Te puedes tener de pie? —preguntó Jemmy.

—Sí.

—Tenías que haber dado gritos y chillidos. Eso era lo que querían oír.

—¿Y humillarme a mí mismo? —murmuró el príncipe—. Tú nunca hiciste eso.

Jemmy se quedó mirándolo, pensativo. Luego señaló hacia los dos salteadores de caminos. Tajamar había desaparecido, y Billy Tápate-La-Nariz estaba intentando no ahogarse.

—Sigamos nuestro camino. Seguro que vuelven a perseguirnos.

—No si viajáis conmigo —dijo Betsy—. Conmigo y con Petunia.

Jemmy encontró la fusta donde Billy Tápate-La-Nariz la había dejado caer. Betsy y el oso ya habían empezado a subir el terraplén, y los niños los siguieron.

—¡Cielos! —susurró Jemmy—. ¡Qué pinta más arrugada tenemos los dos! Con todo roto y sucio. Por lo menos, nadie te tomará por un príncipe.

No muy lejos, la diligencia yacía de costado.

—Que me cuelguen si vi esa pendiente empinada a un lado del camino —exclamó el capitán Tentempié—. Nos ha hecho volcar, como veis.

—O sus caballos o usted necesitan gafas —dijo Betsy.

Todos juntos, incluido Petunia, levantaron, empujaron y enderezaron la diligencia. Se amontonaron dentro y partieron.

Betsy y su oso bailarín iban dentro con el príncipe. Jemmy decidió sentarse con el capitán Tentempié para vigilar los riesgos del camino.

Llegaron hasta la ciudad sin más incidentes, a no ser porque los pararon unos soldados. Los hombres del rey estaban buscando sin duda al príncipe desaparecido, pero cuando un oso asomó la cabeza por la ventanilla de la puerta, los soldados retrocedieron y, rápidamente, le hicieron señas a la diligencia para que avanzara.

CAPÍTULO 18

De acontecimientos surtidos en los que la trama se complica más todavía

Tan pronto como las ruedas traquetearon sobre las calles empedradas, Jemmy tuvo una enorme sensación de alivio. Este era su terreno, la ciudad, y conocía más sitios donde esconderse que una rata.

Al aproximarse a los reales de la feria ribereña, vio cómo obligaban a subir a unos presos con cadenas a bordo de un barco de convictos, que hacía un gran contraste con las alegres casetas y banderas de la feria.

El capitán Tentempié acomodó la diligencia entre un vendedor de aves vivas y un malabarista que arrojaba pelotas de colores al aire de aquel diáfano mediodía.

—Gracias por este paseo tan divertido, señor de las Patatas Calientes —dijo Betsy—. Venga, Petunia. Vamos a buscar un grupito de gente para ganarnos una o dos monedas.

Jemmy recogió su jaula abollada.

—No te largues pitando, chaval —dijo el capitán Tentempié, a la vez que tiraba de una carga de leña envuelta en lona, que estaba debajo del asiento—. He venido oyendo los ruidos que hacía tu estómago de tanto retorcerse esta última hora. Ten la amabilidad de llenar la olla con la bomba. Nada más estén hervidas las patatas, nos daremos un banquete, ¿eh?

Ansioso como estaba de ponerse a lo suyo, Jemmy dudó. Se hallaba sumamente hambriento.

Entonces el capitán Tentempié depositó una moneda en su mano.

—Y mientras lo haces, pararos los dos donde la señora de la vaca y agenciaros un par de tazones para beber.

Jemmy levantó el asa de la olla. Pero, casi al mismo tiempo, el príncipe Malandrín se la quitó de las manos de un tirón.

—Lo haré yo.

—¿Tú? —replicó Jemmy—. Es cosa de criados.

—¿Quién me tomará por un príncipe si me dedico a acarrear agua? —sonrió, y luego se rió—. ¡Nunca me han dejado cargar con nada en toda mi vida!

Jemmy indicó el camino. Jamás había considerado el ir a por las cosas y cargar con ellas como un privilegiado. ¡Los príncipes y la gente así era difícil de calar! Pero el sonido de aquella alegría persistía en su cabeza. Nunca había oído reírse al príncipe Malandrín antes. Esquivaron a los acróbatas, a un hombre con zancos y a uno que tocaba el arpa. A través de la barahúnda les llegó una voz muy chillona.

—¡Jemmy! ¡Jemmy, el cazador de ratas!

Al darse la vuelta, Jemmy divisó a un muchacho alto que llevaba una gorra a cuadros. Era Tiznajo, que estaba atendiendo un hoyo de serrín delimitado por una cerca de tablas: un reñidero de perros y ratas. A su lado había una pila de jaulas llenas de ratas y un terrier negro atado a un poste.

—¡Ostras, eres tú, Jemmy! —exclamó Tiznajo—. Supongo que a estas alturas podrás llamar al rey por su nombre propio.

—Hola, Tiznajo. ¿Has dejado de revolcarte por el barro?

—He prosperado, ¿a que sí? Igual que tú, Jemmy. ¿Te gusta mi perro? Es el mejor que hayas visto luchando con ratas.

Con ojo experto, Jemmy inspeccionó las jaulas.

—Pero esas ratas parecen tan domesticadas como para comer en tu mano.

—Lo mejor que pude encontrar. Atrápame algunas ratas del castillo y haré un número especial. ¡Las ratas del propio rey!

—No es precisamente eso a lo que me dedico en el castillo, Tiznajo.

—No es verdad que eres el niño de los azotes, ¿a que no?

Jemmy sintió que se ponía colorado de vergüenza, y esquivó la pregunta.

—He aprendido a leer y a escribir.

—¿En serio?

—De verdad de la buena. He leído muchos libros desde el principio hasta el final.

—¿Qué tienen dentro?

—Cosas de todas clases. También sé hacer sumas.

Tiznajo estaba impresionado.

—¡Qué maravilla! Nunca he sabido de un cazador de ratas que pudiese leer y escribir, y hacer sumas. No pega. No te olvides de tus viejos amigos cuando crezcas y seas duque o algo así.

—Tengo idea de volver a las alcantarillas —contestó Jemmy muy estirado—. Te cazaré algunas ratas a la primera oportunidad.

Pero, incluso mientras lo estaba diciendo, Jemmy experimentó un desasosiego nada prometedor. Echaría de menos los estantes de libros que había dejado atrás en el castillo. En las cloacas no había sido consciente de su propia ignorancia. Veía que ahora no le quedaba más remedio que volver a ellas. Pero se daba cuenta de que había perdido su afición a la ignorancia.

—¿Quién es este tío? —estaba preguntando Tiznajo.

—¿Qué?

—Tu colega.

—Este es... —Jemmy se mordió la

lengua y empezó a tartamudear—. Este es...
es...

—El Amigo de Jemmy es mi nombre
—respondió el príncipe por él.

—Muy bien, si te llaman así —y Tiznajo le tendió la mano para estrechársela.

Jemmy captó la momentánea confu-
sión del príncipe.

—Él nunca da la mano.

—Claro que la doy —dijo el príncipe
con una rápida sonrisita, y cogió la mano de
Tiznajo—. Encantado de estrecharte la
mano, Tiznajo.

—Igualmente.

Y Jemmy se llevó al príncipe a rastras.
Tiznajo había cometido una terrible ofensa:
a nadie le estaba permitido darle la mano al
príncipe.

—¿Por qué lo hiciste?

—Porque nunca le había dado la
mano a nadie.

—¡Podrían colgarlo por menos!

El príncipe se miraba la mano.

—Es un gesto amistoso... de confianza. Introduciré esta costumbre en la corte
cuando sea rey.

Jemmy no perdía ripio. «¿Rey?», pensó. «Así que sólo era un farol eso de que a
lo mejor no volvías nunca al castillo. ¡Jo!,
espero que antes no quieras aprender a cazar ratas.»

Poco después, se encontraron con una
vieja robusta con las manos tan retorcidas

como las raíces de un árbol. A su lado, ru-
miando hierba, había una vaca con un aro
de latón en el morro.

—¡Leche fresca! —gritaba la señora
de la vaca—. ¡Leche fresca, ordeñada de la
vaca! ¡Leche fresca!

Jemmy le alargó la moneda. La leche-
ra sacó dos tazones de una tina de agua, se
sentó en un taburete, y empezó a ordeñar la
vaca directamente en los tazones. Su punte-
ría era tan buena como la de un arquero.

—¿Habéis oído el rumor? —pregun-
tó—. Nuestro príncipe ha sido secuestrado.
¡Imaginaos!

—Nos lo imaginamos —replicó el
príncipe con tranquilidad.

Ella le miraba fijamente.

—¡Nuestro querido y pobre rey!
—continuó—. Seguro que se ha quedado sin
ojos de tanto llorar. Aunque no sé por qué
ha soltado una sola lágrima por ese sapito.
Dicen que el príncipe Malandrín es un auténtico espanto. Pobres de nosotros el día
que sea rey, ¿eh?

Les entregó el par de tazones. Jemmy
se bebió la leche templada toda seguida.
Pero entonces se dio cuenta de que el príncipe estaba allí parado sin moverse, con una
mirada vaga y desenfocada. Seguro que sabía que todo el mundo lo llamaba el príncipe
Malandrín a sus espaldas, ¿o no?

—Termínate la leche, chaval —dijo la
señora de la vaca—. ¡Cielos! Nunca había

visto a un niño con esos trapos. Parecen los desechos de un ropavejero —soltó un risa en broma—. Termina antes de que me espantes a los clientes.

El príncipe apuró el tazón y se fue arrastrando los pies.

Mientras llenaban la olla de las patatas con la bomba, se quedó mirando a Jemmy.

—Vieja traicionera. Podría hacer que le cortasen la lengua por mentirosa.

Pero su voz no tenía fuerza. Recibir unos azotes era bastante malo, pero enterarse de que sus súbditos temían el día en que creciera y se convirtiese en rey le había conmovido profundamente.

—No lo decía con mala intención —murmuró Jemmy, con los ojos bien atentos por si veía soldados.

—¿Así es como me llaman, el príncipe Malandrín?

Jemmy asintió.

—¿Me odian todos?

—Casi seguro.

—¿Y tú qué?

Jemmy dudó un momento.

—Antes sí. Pero puede que ahora no —Jemmy no podía escoger sus sentimientos—. La olla está llena. Vámonos.

Tuvieron que cargar los dos con la olla de hierro, ahora llena de agua. Pasaron por delante de un mago calvo, un violinista callejero y un vendedor de paraguas, con sus mercancías abiertas en torno a sus pies, como setas de seda negra. De repente apareció un soldado a caballo, con ojos investigadores.

No quedaba más remedio que defenderse con cinismo. Jemmy agarró con más fuerza el asa, dispuesto a salir disparado si era necesario. El soldado pasó a su lado y sólo echó un vistazo de rigor.

¿Qué era lo que estaba buscando, un príncipe vestido de fino terciopelo con una corona ladeada sobre la cabeza? ¿Era la ropa lo que hacía de alguien un príncipe —se preguntó Jemmy—, de la misma manera que los harapos lo convertían en un chaval de la calle? Tenía idea de que el príncipe se sentía secretamente desilusionado por no ser reconocido por ninguno de sus súbditos. ¡Debía tener la cabeza rebosante de sorpresas!

Al poco rato, las patatas estaban hirviendo en la olla. No muy lejos, Betsy había congregado a toda una multitud con Petunia, que ahora hacía equilibrios con el sombrero de un hombre sobre el hocico. Luego el oso empezó a pasar el sombrero en busca de propinas.

Jemmy dejó de sentir la menor preocupación por los soldados. No tenía la menor duda de que Billy Tápate-La-Nariz les perseguiría a él y al príncipe hasta la feria. ¿No se habían encontrado por casualidad con una niña y su oso domesticado? ¿A qué otro sitio podía ir ella?

Por fin, el capitán Tentempié empezó a repartir las patatas cocidas, y Betsy regresó en compañía de Petunia.

—¡Podríamos comernos un saco entero! —exclamó, mientras hacía sonar un puñado de monedas.

—Nuestros compañeros artistas están invitados —dijo el capitán Tentempié, rechazando el dinero.

Partió por la mitad un par de patatas rechonchas.

—¿Sal y pimienta?

—Pimienta para mí, sal para Petunia.

El capitán Tentempié rebuscó en uno de los bolsillos de su chaquetón una pizca de sal y, en el otro, de pimienta.

—Sal para mí —dijo Jemmy.

—¿Y tú? —le preguntó el capitán Tentempié al príncipe.

El heredero del trono se resistió un momento, y Jemmy sabía por qué. Seguro que no había comido nunca una patata. En el castillo, los tubérculos estaban considerados como comida de labradores.

—No... no sé —tartamudeó el príncipe.

—En la duda, sal —dijo el capitán Tentempié soltando una risita.

Luego empezó a gritarle a la gente que pasaba.

—¡Patatas, patatas calientes! ¡Patatas calentitas del capitán Tentempié!

Jemmy se atracó, deseoso de marcharse y nada seguro de cuándo iba a volver a comer. El príncipe mordisqueó un poco al principio, ayudándose con las puntas de los dedos. Luego mandó a paseo su orgullo real y empezó a dar mordiscos enteros.

Un vendedor de baladas se abría paso

entre la gente, pregonando sus mercancías. Sacudía una caña de bambú con largos rollos de papel que revoloteaban colgados de la punta.

—¡Tres yardas de canciones un penique! ¡Canciones viejas y nuevas! ¡Cántelas usted mismo! ¡Diez versos de la «Pobre y desgraciada Polly» les harán llorar! ¡Dieciséis versos del notable salteador de caminos Billy Tápate-La-Nariz!

Jemmy aguzó el oído cuando el vendedor de baladas empezó a entonar una muestra de su mercancía:

Ahí viene el bruto de Billy,
tapa, tapa la nariz.
Cuando lo cuelguen de un árbol
ya respirarás feliz.

La canción callejera había divertido en su día a Jemmy. Pero ahora se limitó a aguzar la vista.

Se secó las manos con las mangas y se volvió hacia el capitán Tentempié.

—¿Hacia dónde vais? —preguntó Betsy—. Este es el sitio ideal para hacer sonar algo en el bolsillo. ¿No podéis dar saltos mortales o algo así?

—Yo cazo ratas —dijo Jemmy simplemente.

—¿Ratas? —Betsy hizo una mueca—. ¿Para qué demonios?

—Las ratas de alcantarilla dan mucho dinero. Las peores son las mejores.

—¡Cielos! —exclamó Betsy—. ¿Y no te muerden?

—Muchas veces —dijo Jemmy.

El capitán Tentempié aguzó un oído.

—¿Qué es lo que grita ese pregonero que va corriendo?

Una voz de cuervo perforó el aire. Y entonces apareció el vendedor de noticias, meneando la lengua como el badajo de una campana, y con un legajo de hojas impresas bajo el brazo:

¡EL PRÍNCIPE VENDIDO A LOS GITANOS! ¡TODA LA VERDAD SOBRE EL CASO! ¡LA TINTA AÚN ESTÁ FRESCA! ¡SU NIÑO DE LOS AZOTES ACUSADO DE UN PLAN MISERABLE! ¡EL REY OFRECE UNA RECOMPENSA POR ESE TERRIBLE PÍCARO! ¡VIVO O MUERTO! ¡DESCRIPCIÓN COMPLETA! ¡HÁGASE CON UNA COPIA! ¡MANTENGA SUS OJOS BIEN ABIERTOS Y LLÉVESE LA RECOMPENSA!

El pregonero que iba corriendo vendía las hojas sueltas casi más rápido de lo que podía gritar.

Los hechos resultaban incomprensibles, pero Jemmy agarró la jaula, retrocedió y desapareció.

CAPÍTULO 19

Que consiste en un relato completo de lo que sucedió en las oscuras alcantarillas

Jemmy se dirigió hacia el único lugar seguro que conocía: las alcantarillas. Caminó a saltos por los muelles.

Y el príncipe le siguió la pista paso a paso.

Jemmy se volvió hacia él como una rata acorralada.

—¿No te basta con lo que has hecho? ¡Le has puesto precio a mi cabeza! ¡Vuélvete a casa y vete al diablo!

—Pero tú eres mi amigo —afirmó el príncipe, como si estuviera promulgando un decreto real.

—¡No cuentes con eso! —replicó Jemmy.

Empezó a bajar unos escalones de piedra que conducían al río, pero el príncipe le detuvo con un grito apremiante y repentino.

—¡Mira!

Surgiendo del borde empedrado del camino se aproximaba el bulto de Billy Tápate-La-Nariz, con Tajamar siguiéndole tan de cerca como el rabo de una vaca.

Jemmy no esperó a que le divisasen. Pero era demasiado tarde. Aquel forajido grandón, con el pelo y la barba tan roja como una hoguera bajo el sol ardiente, dio un grito lejano y cambió de rumbo.

Jemmy y el príncipe bajaron las escaleras a saltos. La marea estaba creciendo y el trozo de playa fangoso había quedado reducido a la anchura de un sendero.

Jemmy le fue guiando a través de una selva alquitranada de pilotes, y luego sobre una barcaza de ría abandonada. Saltó en medio del agua poco profunda. Ya podía ver la gran boca de ladrillos de la cloaca principal.

—¡No dejes huellas en el barro! —advirtió.

Chapotearon por el borde del agua, y llegaron al fin.

La alcantarilla arqueada era lo bastante alta como para entrar un caballo y su jinete. Jemmy saltó por encima del barro y se metió.

Pero el príncipe se detuvo bruscamente.

—¡Está tan oscuro como la noche ahí dentro!

—¡Salta! ¡Rápido!

El príncipe cobró ánimo y dio un salto. Jemmy se internó en el túnel, pero el príncipe se detuvo.

—¡Sígueme! ¡Sería una suerte que no nos hubiesen visto!

El príncipe seguía aterrorizado de la oscuridad que tenía delante. Se había quedado completamente pálido.

Jemmy agarró al príncipe y le arrastró tras él.

—¡Vas a hacer que me cojan!

—Es... ¡Estoy asustado, Jemmy!

—¡No te apures por la oscuridad! Aquí dentro hay ratas. ¡Hasta los mayores les tienen miedo! ¡Agárrate a mí!

Fueron chapoteando por la alcantarilla cavernosa, cada vez más honda, cada vez más oscura. Las cunetas de la ciudad que tenían encima se habían secado, pero la lluvia de hacía tiempo rezumaba y goteaba por los lustrosos muros de ladrillo.

Al poco rato, la boca de la alcantarilla casi se había convertido en un agujerito de luz como el de una aguja, y Jemmy se paró para recuperar el aliento.

—Está más oscuro aquí dentro que un hatajo de gatos negros, ¿verdad? Llegaremos a otra galería dentro de poco. Nunca nos encontrarán. ¡Suéltame el brazo! Me lo vas a romper.

—Jemmy.

Poco más que un suspiro, la voz del príncipe era presa del miedo.

¿Jemmy? ¿Por qué no Jemmy El Callejero? ¿Por qué no muchacho? «¡Qué milagro!», pensó Jemmy. «Como si fuéramos viejos compañeros de juergas callejeras.»

—¡Ojalá fuese como tú! —dijo el príncipe entre dientes.

Jemmy estaba pasmado.

—¿Cómo yo?

—No tienes miedo de nada.

—Claro que sí. ¡Tengo miedo de que tu padre me cuelgue!

—No es muy probable.

Jemmy soltó un pequeño bufido.

—Seguro que no, si no les dices cuál es mi escondite.

—¿Crees que haría eso, Jemmy?

—No lo sé. Vamos a seguir.

Mientras avanzaban de lado a lo largo de los muros húmedos, Jemmy volvió a pensarse su respuesta. No había sido justo con el príncipe. Este no era el mismo príncipe Malandrín que se había escapado la noche anterior, aburrido de su propia mezquindad, arrogancia y crueldad.

—Creo que confío en ti —dijo Jemmy.

—No volveré al castillo a no ser que vengas conmigo —contestó el príncipe.

—¡Jo!

La cloaca principal se ramificó, y Jemmy tuvo que detenerse para orientarse. «Cuidado», pensó. «Esa galería de la izquierda lleva a la fábrica de cerveza. ¡Nos podrían comer vivos! Seguiremos por la de la derecha.»

En el vacío de la alcantarilla resonó

un suave corretear de patitas, y luego un chillido inconfundible. Los dedos del príncipe se cerraron sobre el brazo de Jemmy como grilletes.

—No es más que una rata —dijo Jemmy—. Mejor dicho, dos. Pero de momento no hay que preocuparse. La oscuridad no es tan terrible si sabes lo que hay en ella. Como por ahí, a la izquierda. Así que agárrate a mí.

La voz del príncipe era casi inaudible.

—¿Qué hay a la izquierda?

—Una fábrica de cerveza encima. Vacían el grano usado en la alcantarilla; las ratas lo comen y se multiplican a cientos. Se hacen tan grandes como gatos callejeros. ¡Y tienen mal genio! Se te echarían encima y quedarían colgando de ti por los dientes.

Todavía pegado a su jaula, Jemmy continuó tanteando el camino. Se preguntaba cómo podía haberse sentido alguna vez como en casa en estas cloacas húmedas y malolientes. Entonces, un repentino parpadeo de luz le hizo detenerse. Escudriñó el túnel y vio una figura con una vela pegada a la visera rígida de su gorra. ¡Un cazador de ratas! También consiguió ver una jaula llena de ratas chillonas.

Penetró en la galería y el hombre alzó la vista.

—¿Quién está ahí?

—No queríamos darle un susto —susurró Jemmy.

—¡Este no es sitio para niños!

La voz del hombre resonó y retumbó por las alcantarillas, y Jemmy echó un rápido vistazo detrás.

—¡No hable tan alto, señor! —dijo bajito, y entonces reconoció al cazador de ratas—. ¿No es usted el viejo Johnny Paparruchas?

Con la vela resplandeciente sobre su visera, el hombre se inclinó hacia delante.

—¡El mismo! ¿Eres tú, Jemmy?

—Sí.

—¡Cómo has crecido desde que dejaste las alcantarillas!

—Le agradecería que apagase la vela, señor. Nos persiguen unos matones sedientos de sangre.

—Habla más alto —dijo el viejo, a la vez que se llevaba una mano a la oreja—. ¿Es verdad que te ha recogido el propio rey? Eso es lo que se dice. ¿Qué haces de vuelta a las alcantarillas?

—¡Salvar el pellejo!

—¿Eh?

—Su vela nos delata.

—¿Qué dices?

—Nos haría un favor si la apagara.

—Habla más alto, chaval. Ahora eres el caballerito de un rey; ¿te han enseñado a hablar susurrando? ¡Así que has venido a hacernos una visita! Tu viejo se sentirá orgulloso —le dio una palmadita a Jemmy en la coronilla—. Dicen que eres el niño de los azotes del propio príncipe Malandrín.

De repente el cazador de ratas se puso derecho:

—¿Quién anda ahí?

En aquel resplandor amarillo aparecieron una inmensa figura peluda y un hombre esquelético.

A Jemmy se le quedó el corazón helado.

—¿Qué diablos es esto? —bramó Billy Tápate-La-Nariz—. ¡Nos han engañado, Tajamar! ¡Ese no es el príncipe! ¡Es el otro!

—¡Ya lo he oído! —gritó Tajamar—. ¡Hemos azotado al propio príncipe! ¡Dijiste que eso era peor que asesinar a cualquiera!

—Es verdad. ¡El rey nos despellejará vivos palmo a palmo!

—¡Que alguien se apiade de nosotros!

—¡No hará falta si no se entera!

Los dos avanzaron tambaleándose para agarrar a los niños. Jemmy blandió la jaula e hizo que la vela saliera disparada. La llama se apagó chisporroteando en el agua turbia, y la alcantarilla se sumió en una oscuridad repentina.

—¡Corre! —gritó Jemmy.

—¡Tengo a uno! —cacareó Tajamar.

—¡Soy yo! —rugió el cazador de ratas—. ¡Chusma inmunda! ¿Quiénes sois?

Jemmy se pegó a la pared y se encontró con que el príncipe seguía allí. Oyó un chapuzón y una maldición. Billy Tápate-La-Nariz debía de haberse caído encima de Tajamar y el cazador de ratas.

—¿Por dónde? —preguntó el príncipe con un susurro apremiante.

Jemmy tomó una decisión instantánea. Los villanos podrían ser capaces de detenerlos en ese ramal más estrecho. ¡Había que volver a la cloaca principal!

Tiró rápidamente de la manga del príncipe y el príncipe alargó la mano para buscar la de Jemmy.

Se fueron agarrados de la mano, mientras los forajidos se desenredaban.

—¿Por dónde se han ido? —gritó Tajamar.

—¡Escucha!

Jemmy se quedó inmóvil. Ni siquiera respiraba. Esperó. Y de pronto tuvo conciencia de la mano del príncipe apretada a la suya. Su primer impulso fue retirar los dedos, pero el príncipe se agarraba con toda su fuerza. Era lo mismo que un apretón de manos, y se acordó de las palabras del propio príncipe. Era un gesto amistoso y de confianza mutua. Pero, ¡jo, qué milagro esto de darle la mano al príncipe Malandrín!

—¡Quietos ahí! —les advirtió Billy Tápate-La-Nariz.

—¡Estéis donde estéis os cogeremos! —añadió Tajamar—. ¡Nunca encontraréis la salida!

—¿Por dónde se sale? —espetó el forajido grandón.

—Por donde se entra —contestó el cazador de ratas—. Poneos de espaldas a la brisa que viene de la alcantarilla principal.

¡Eso no era así! «El bueno del viejo Paparruchas», pensó Jemmy, «quería mandarlos en dirección contraria».

Jemmy tiró de la mano del príncipe y se escabulleron siguiendo el muro hacia la libertad. Poco después, Jemmy percibió una brisa más fuerte y supo que se encontraban de nuevo en la alcantarilla principal.

De cara a la brisa, podían huir precipitadamente hacia el río. Pero, con la alegría, Jemmy golpeó la jaula contra el muro.

Se le pusieron los pelos de punta. El estruendo fue lo suficientemente grande como para despertar a los muertos. O hacer que los villanos corrieran tras ellos.

Jemmy torció bruscamente, arrastrando al príncipe todavía más al fondo de la alcantarilla principal.

—Nos verán a contraluz antes de que podamos salir. Aquí hay más agujeros que en una madera apolillada. Nos agacharemos para entrar en otra galería lateral, pero, si nos soltamos, no pierdas la orientación. La fábrica de cerveza está muy cerca.

El ruido de unos pies chapoteando en el agua les hizo callarse. Jemmy tanteó a la desesperada la entrada de la galería lateral. Pero Billy Tápate-La-Nariz y Tajamar ya se habían internado rápidamente en la galería principal.

—¿Por dónde, Billy? —masculló Tajamar.

Jemmy se pegó contra el muro frío como una tumba, pero el príncipe pareció rebelarse de pronto contra ser perseguido como una rata de alcantarilla. Arrancó la jaula de la mano de Jemmy y la arrojó con toda su fuerza.

Golpeó contra los ladrillos con gran estruendo.

En dirección a la fábrica de cerveza.

—¿Qué ha sido eso? —gritó Tajamar.

—¡Son ellos! Ponte de espaldas a la brisa. ¡Todo derecho!

Siguieron dando tumbos hacia delante. Sólo un poco después, el viejo Paparruchas apareció en medio de la cloaca principal, con una nueva vela encendida en la visera de su gorra.

Y entonces Billy Tápate-La-Nariz y Tajamar retrocedieron como alma que lleva el diablo.

—¡Me muerden! ¡Me muerden!

—¡Socorro!

Las ratas alimentadas con grano se abalanzaron sobre los dos para morderles y adherirse a ellos como sanguijuelas. A la luz de la vela, Tajamar agitaba los brazos chi-

llando, mientras que el forajido peludo
rugía.

—La verdad —dijo el príncipe— es
que parece como si llevaran abrigos de piel.

CAPÍTULO 20

En el que el sol brilla y sabemos lo que aconteció con el niño que paga el pato, el príncipe y todos los demás

A la clara luz del sol, el príncipe respiró el aire fresco y apacible. Luego miró a Jemmy directamente a los ojos.

—Regresemos al castillo.

—¡Yo no! Tu viejo le ha puesto precio a esta cabeza mía. No, gracias, príncipe. No me hace ninguna gracia bailar colgado de una soga.

—¿Dónde te vas a esconder el resto de tu vida? ¿En las alcantarillas? Haré que las registren de punta a punta.

¡Jo, qué idiota había sido dejando entrar al príncipe en su mejor escondite! Jemmy estaba a punto de echar a correr, pero, ¿a dónde? ¿Llegaría muy lejos?

—Dijiste que confiabas en mí —afirmó el príncipe—. Pero ya veo que no lo decías de verdad.

—Era verdad, hasta cierto punto.

—Entonces sígueme.

Era una orden.

Jemmy tragó saliva, y le siguió. Todavía no habían llegado a las puertas del castillo. ¡Ya se le ocurriría algo!

El príncipe le condujo de vuelta a los reales de la feria y se puso a buscar a Betsy y el hombre de las Patatas Calientes.

—Habéis servido notablemente a vuestro príncipe —les hizo saber.

—¿De qué estás hablando, chaval? —replicó el capitán Tentempié—. ¡Patatas, patatas calientes!

—El rey ha ofrecido una recompensa por el niño de los azotes. Aquí está. Entregadlo.

Y Jemmy se quedó mudo de asombro. Se sintió traicionado. ¡Jo!

Los ojos de Betsy destellaron.

—¿Entregar a Jemmy? No haré semejante cosa.

—¡Te lo ordeno!

—¿Quién eres tú para ordenar nada?

—Yo soy... Yo soy el príncipe Malandrín.

—¡Ja!

«Sal corriendo!, pensó Jemmy.

Profundamente herido, le echó al príncipe una última mirada enfurecida. El príncipe le respondió con un guiño rápido y divertido, que aturdió a Jemmy por un momento. Y luego, de un solo golpe, Jemmy comprendió que el príncipe estaba entreteniéndose por primera vez con una travesura inocente.

—De la cabeza a los pies, es el príncipe Malandrín —dijo Jemmy—. Será mejor que hagáis lo que dice o hará que os metan en aceite hirviendo.

Jemmy tuvo que esperar con Betsy, Petunia y el capitán Tentempié mientras el príncipe se quedaba a solas con el rey.

Por fin, se abrieron un par de puertas doradas y el grupo fue conducido al salón del trono.

El príncipe estaba sentado con las piernas cruzadas y un vago rastro de sonrisa en los labios.

Betsy se inclinó en una gran reverencia, y el capitán Tentempié lo hizo lo mejor que pudo.

—La recompensa es vuestra —anunció el rey, y luego se volvió hacia el príncipe—. ¿Qué pasa con el oso? Te salvó, ¿no es verdad?

—Podemos darle el título de Oso Bailarín Oficial de Su Real Majestad, papá. Congregaría multitudes dondequiera que fuese.

—Hecho.

Les concedieron permiso a Betsy y al capitán Tentempié para que se fueran.

Ahora Jemmy se había quedado solo (parecieron horas), con el rey mirándole fijamente. Empezó a sentir un lazo corredizo apretándole el cuello.

—Deberías ser azotado.

—Sí, Mi Señor.

—El príncipe Horacio ha causado suficientes problemas como para desgastar el pellejo de docenas de niños de los azotes. Me ha dicho que está de vuelta sano y salvo gracias a ti. El rey te lo agradece.

Jemmy respiró un poquito.

—Pasas a estar bajo la protección del príncipe con una condición. Ha jurado hacer sus deberes, apagar su vela de noche y portarse bien en general.

Jemmy miró un momento al príncipe. «¡Jo!», pensó. «Debes de quererme cantidad para haber prometido todo eso. Si te escapaste para encontrar un amigo, ya tienes, uno, ¡qué caramba!»

—Y ahora iros los dos —dijo el rey—. Pero cambiaros esa ropa tan apestosa.

Mientras retrocedía hasta las puertas doradas, con el príncipe a su lado, Jemmy sintió que le salía una chispa de los ojos.

—Me has despachado sin un solo azote —susurró.

—No podría soportar todos esos gritos y alaridos.

—No hubiera gritado ni chillado.

—Pero *yo* sí, Jemmy.

Y Jemmy percibió el brillo de sus ojos.

Casi en las puertas, se detuvieron por orden del rey.

—¡Una cosa más! —El príncipe les

echó una sonrisa con la que cualquiera podría haberse calentado las manos—. Si deci-
dís escaparos otra vez, chavales, llevadme
con vosotros.

En los días que siguieron, los vendedores de baladas empezaron a vocear los
nuevos versos finales de la célebre vida de
Billy Tápate-La-Nariz y su colega Tajamar.
Un viejo cazador de ratas les había
visto salir disparados de las alcantarillas. Y
también, embarcarse de polizones a bordo
de una nave que desplegaba sus velas para
un viaje muy largo. Era un barco de penados que tenía como destino un pedacito de
isla en aguas lejanas. Una isla de penados.

 ## *NOTA*

Los lectores escriben a menudo para preguntar si una historia es cierta. Este relato es producto de la imaginación, pero su parte más sorprendente es verdadera.

Algunas cortes de siglos pasados tenían «niños de los azotes» para que padeciesen los castigos impuestos a un príncipe por su mala conducta. La Historia está llena de locuras e injusticias.

Como diría Jemmy: «¡Jo!»